Sina Nuêmo

Kristallfreunde

Sina Nuêmo

Kristallfreunde

Vermählung von Seele und Geist

Goldene Rakete Verlag für Belletristik

Imprint

Cover image: www.ingimage.com

Publisher:
Goldene Rakete Verlag für Belletristik
is a trademark of
International Book Market Service Ltd., member of OmniScriptum Publishing Group
17 Meldrum Street, Beau Bassin 71504, Mauritius

Printed at: see last page
ISBN: 978-620-2-44483-5

Inhaltsverzeichnis:

I. **<u>Erster Kristallfreund[1]:</u>**

1. Erste Strophe:

H.

So ist mein Name.

Es geht um Vermählung.

Die Hochzeit von Seele und Geist.

[1] 23.08.2018

2. <u>Zweite Strophe:</u>

Der Anschein trügt.

Nicht Schicht für Schicht ist wichtig hier.

Hier ist Einheit und Verschmelzung

ohne Schmerz und Leid.

3. Dritte Strophe:

In Akzeptanz der Verletzungen

und der schwärenden Gedanken.

Alles verschmilzt

und bildet ein Ganzes.

4. <u>Vierte Strophe:</u>

Getragen von der ersten wahren Begegnung.

Der ersten wahren nackten Sicht der wahren Schönheit,

die zu Tage tritt,

wenn alle Masken und Verkleidungen fallen.

5. <u>Fünfte Strophe:</u>

Schön, nur schön mit liebenden Herzen

und rosa Brille der Verliebtheit.

Liebe beginnt mit dir selbst.

Beginnt mit der Selbstliebe.

6. Sechste Strophe:

Und erst dann

kommt der Partner der Seele.

Gemeinsamer Auftrag erfüllt die Seelen.

Doch zuerst liebe dich.

7. Siebte Strophe:

Deine Seele.

Dein Sein.

Deinen Ausdruck.

Dein Selbst.

8. Achte Strophe:

Im Spiegel des Gegenübers erkenne dich selbst.

Liebe dich selbst und dein Selbst.

Trage mich am Herzen für eine Zeit,

bis dein Herz satt ist von Liebe.

II. Zweiter Kristallfreund[2]:

1. Erste Strophe:

Ich bin der,

der mit "Eifer sucht".

Ich bin der,

der immer das Auge darauf wirft, was fehlt.

[2] 17.10.2018

2. Zweite Strophe:

Deshalb blicke ich auch nur einseitig.

Ein Auge zerfressen

von Dingen und Gelegenheiten,

die niemals meine waren.

3. Dritte Strophe:

Die dennoch

nicht von mir loslassen,

denn eingebrannt ist der Blickpunkt,

den ich darauf geworfen habe.

4. Vierte Strophe:

Doch es war niemals ein klarer Blick,

denn der Blick des Weiblichen

ist getrübt von all den Verletzungen

und all der Zerfressenheit des Übels, das darin liegt.

5. <u>Fünfte Strophe:</u>

Entzündliches ist versteinert.

Liegt tief,

als zerstörter Augapfel

und schwärt vor sich hin.

6. Sechste Strophe:

Eigentlich ein Fall

für den Chirurgen.

Nur er kann mit seinem scharfen Skalpell

hier wieder Ordnung schaffen.

7. <u>Siebte Strophe:</u>

Verloren jedoch das Auge.

Verloren der heile Blick des Weiblichen,

verloren die Heile Welt,

die das Weibliche gern erblicken möchte.

8. Achte Strophe:

Das Auge des Männlichen.

Unbeteiligt, fast losgelöst aus der Gesamtheit.

Hat es längst das Interesse verloren,

das Weibliche erblicken zu wollen.

9. <u>Neunte Strophe:</u>

Zu lästig,

zu unschön

ist das,

was erblickt werden könnte.

10. Zehnte Strophe:

Ich bin zu dir gekommen,

um dir den Spiegel zu geben.

Den Spiegel,

dass du nicht nur das Weibliche erblicken solltest.

11. Elfte Strophe:

Jedoch auch,

dass du das Männliche

niemals unbeteiligt

lassen solltest.

12. <u>Zwölfte Strophe:</u>

Doch nicht im Außen.

Zu einfach,

die Hinaus-Lagerung

auf andere.

13. Dreizehnte Strophe:

Zu offensichtlich,

der Schmerz

und

die Verkrampfung.

14. Vierzehnte Strophe:

Zu offensichtlich,

dass sich die Wunde

immer weiter

ausbreiten wird.

15. Fünfzehnte Strophe:

Bereits erfasst, das dritte Auge.

So wichtig, um den Blick

der wahren Ebenen des Seins

und ihrer Aufgaben zu erkennen.

16. <u>Sechzehnte Strophe:</u>

Darum lass dich ein

auf das Spiegelbild,

das ich dir bieten möchte.

Lasse dich ein, auf den Schmerz.

17. Siebzehnte Strophe:

Lasse dich ein,

auf die tiefe Ver-zwei-flung,

die dich bei meinem /

unserem Anblick erfasst.

18. Achtzehnte Strophe:

Gehe jedoch

darüber hinaus.

Gehe,

in die Aufgabe der Heilung.

19. <u>Neunzehnte Strophe:</u>

Nehme den nötigen

chirurgischen Schnitt vor

und trenne alles heraus.

Alles ...

20. <u>Zwanzigste Strophe:</u>

Riskiere auch,

dass gesundes Gewebe

mit herausgeschnitten wird.

Es wird heilen.

21. Einundzwanzigste Strophe:

Es wird endlich heilen.

Ich bin ein Heiler.

Ich bin ein Spiegel.

Ich bin Du.

22. Zweiundzwanzigste Strophe:

Zusammen bilden wir eine Einheit.

Ich bleibe gerne deine Erinnerung,

an deine Verletzungen

und tiefen Wunden.

23. Dreiundzwanzigste Strophe:

Du jedoch ...

du musst heilen

oder du wirst

...

III. **Dritter Kristallfreund[3]:**

1. Erste Strophe:

Ich bin die Hoffnung.

Ich bin die Geheilte.

Ich bin das Mädchen mit den Zöpfen.

Frei und frech.

[3] 17.10.2018

2. Zweite Strophe:

Noch ohne Erkenntnis

von Männlich und Weiblich.

Einfach nur Sein.

Einfach nur den Tag leben und den Glauben.

3. Dritte Strophe:

Den Glauben,

dass die Engel

und "Gott"

mit mir sind.

4. Vierte Strophe:

Einfach die Wunder

des Lebens, der Natur

und des stillen Beobachters

genießen.

5. Fünfte Strophe:

Erinnern möchte ich dich,

an die Zeiten der Unbeschwertheit.

An die Zeiten,

in anderen Dimensionen.

6. <u>Sechste Strophe:</u>

Losgelöst hier,

von dieser Welt

und ihren Spielen und Gesetzen.

Ihren Regeln und Vorschriften.

7. Siebte Strophe:

All deinen übernommenen Regeln

und deinem Anspruch

des Perfektionismus.

Was ist schon perfekt ...

8. Achte Strophe:

Im Verständnis der Allmacht:

Alles

Im Verständnis der Menschheit:

Nichts.

9. <u>Neunte Strophe:</u>

Doch ist nicht nichts

auch wieder alles?

Ist alles nicht auch

NICHTS?

10. <u>Zehnte Strophe:</u>

Alles ist vergänglich.

Alles unterliegt hier dem Zeitenwandel.

So wandle auch du

unbeirrt weiter.

11. Elfte Strophe:

Vom Chaos

ins Gleichgewicht.

Jedoch ist auch im Gleichgewicht

nicht immer ein Stück Chaos?

12. Zwölfte Strophe:

Ich bin

die Hoffnung.

Ich öffne

Tore und Türen.

13. Dreizehnte Strophe:

Ich helfe dir ...,

doch

hindurch schreiten

musst du selbst.

14. Vierzehnte Strophe:

Ein Stück weit

trug dich

in der Vergangenheit

die Entwicklung.

15. Fünfzehnte Strophe:

Doch jetzt

bist du gerade

in dem Abschnitt des Lebens,

in der der Zeitabschnitt sehr lange währt.

16. Sechzehnte Strophe:

Deshalb musst du es selbst tun.

Deshalb musst du

dich entscheiden

weiterzugehen.

17. Siebzehnte Strophe:

Ansonsten

wirst du die Hauptaufgabe

dieses Lebenszeitabschnittes

versäumen.

18. Achtzehnte Strophe:

Denn er ist

ein Vorbild zu sein,

ohne dass es für andere

ein Folgen geben muss.

19. Neunzehnte Strophe:

Er ist

ein Pionier zu sein,

denn neues Land

ist immer fremd.

20. Zwanzigste Strophe:

Er ist ein Hüter

und Wächter zu sein.

Das Alte überprüfend,

das Neue noch nicht kreiert.

21. Einundzwanzigste Strophe:

Es liegt in deiner Hand

und in deinen Handlungen,

was du weitergibst.

Festhalten und Erstarren.

22. Zweiundzwanzigste Strophe:

Abschreckendes Beispiel

oder Sehnsucht

nach Größe und Stärke.

Vorbild und Mut

23. Dreiundzwanzigste Strophe:

Ich öffne dir

Tore und Türen.

Doch durchschreiten

musst du sie selbst.

24. Vierundzwanzigste Strophe:

Dein Schlüssel ist Mut,

Loslassen und Verständnis,

dass vieles erst nach Jahren

wirklich erkannt werden kann.

Printed by Books on Demand GmbH, Norderstedt / Germany